# やぶ椿

川添岳石

目次

# まえがき

また一人、キリシタンの切れ者が去って逝きました。

日本人がキリスト教を受け入れ、腑に落ちたとき、どのような立ち姿になるのか。ザビエルから今日まで、かつてキリシタンと呼ばれたカトリック教会の今も続く宿題です。

千利休のわび茶の心を福音という袱紗で包み込んだユスト高山右近、「南坊」と号を名乗り、生涯「にじり口」を出入りしたキリシタンの切れ者です。二〇一七年二月七日、福者の列に加えられました。

人間探求派と呼ばれた俳人加藤楸邨の「寒雷」に属し、独自の眼目で切り取った句は何度も楸邨をうならせています。これが「岳石」と号した神父・川添猛です。

逝きて泣き在れば憎みて実梅ふとる　岳石

加藤楸邨評

をかしみのある句だが、その笑の性質が実にすがすがしい。死んでいくとその人のために泣く、しかし、生きているときは憎んでゐる。さういう人間の避けがたいさがをよくみつめてをり、それを「実梅ふとる」で言ひとってゐる。眼目はふてぶてしいまでに実梅が生かされていゐる点である。上半は「あるときはありのすさびににくかりきなくてぞひとのこひしかりける」を踏まえられてゐるが、「実梅ふとる」ですっかり庶民の世界に生かされてしまったわけである。

（昭和五十五年七月『寒雷』）

笑いと死で紡がれた「をかしみ」のある人生。その出処は十三歳の出来事に由来します。

パン一つ死者に貰ひし原爆忌　岳石

毎年、八月九日が来ると、川添神父はあの死者にもらった一つのパンを思い出す。差し出されたパンで生かされてきたことが、自らの根っこだと言いました。死を前にしたら、どうでもいいことと、いのちを張って守らないといけないことの区別はつきやすかったのでしょう。何かを一途に追い求め、生涯、型崩れしなかったのは、いつも死を隣に据えていたからでしょう。

二〇一七年九月二十七日、痛みに堪えきれずに聖フランシスコ病院に入りました。入院する前日まで、杖を突き、鼻歌を歌いながら洗濯籠を下げ、「独身ですから」とひょうげて洗濯をしていました。本当は、できるだけシスターの仕事を増やさないようにとの気遣いでした。入院して三日目、「余命三カ月」と告げられました。

「最後に句集を出そう」

燃え尽きる灯心が、一瞬大きな輝きを放つように、その情熱には圧倒されました。

天高く同じ目線に医者かがむ　岳石

入院後、枕元に置かれた句帳には二十余りの新たな句が記されていました。

私は、この人の風貌とその生きざまに、聖書に描かれた預言者の姿を見ました。ときに世の中に抗い、ときに新たな風を起こす。しかし、預言者の最後は、見るべき面影も、輝かしい風格も、好ましい容姿もなくなり（イザヤ53・3）、ただ従う人になります。

一時退院した十一月六日の朝、自室を訪ねるとエビのように丸くなってうなっていました。もう一人でトイレにも行けませんでした。

「神父さん、すまんばって、もう、オシメばつけてくれんかな」

「私でよかですか」

「頼むて」

溢れてくる泪を堪えながら、かがみ込んだ躰にオシメをつけてやりました。

「あぁ、これで楽になった。すみません。すみません」

まるで「にじり口」をくぐる人のように、小さくなって、黙って従う人（ヘブライ5・

8参照）になりました。

十一月十七日、最期に大きな息を一つつくと、八十五年の息吹を静かに神に返しました。一部始終を見ていたホスピスの先生が、「こんなに美しい姿を見せていただき、本当に有難うございました」と、深くお辞儀をされました。

宵闇にロザリオの祈り行き来する　岳石

余命三カ月のクリスマスを待たず、振り向きもせず、まとめかけの句集だけを残して去って逝きました。死と笑い、切なさと慰め、そして希望によって編まれた句集『やぶ椿』は、削ぎ落とされたいのちから生まれたものです。この句集は、俳句という受け皿でキリストの福音を生きた川添岳石の遺言です。

この句集を座右に置いて、一日一日の心の糧をいただくことにいたします。

ありがとうございました。私たちの敬慕するパーテル、川添岳石先生。

編者　古巣　馨

著者の意向により、本書に使用されている漢字には一部を除き、ふりがなをつけておりません。読者の皆さまが読みと意味を探し求め、生活から生まれた日本語の奥深さと風情を味わってみてください。

# ムンクの叫び

被爆して通りし橋を忌に渡る

パン一つ死者に貰ひて原爆忌

被爆者の証言を、長崎新聞で何十回も読ませていただき、その記憶のよさに敬意を払っています。今日は七歳で被爆した被爆者の証言で、一〇三三回と書いてありました。あのような出来事を見る目に、年齢や距離は関係ないようです。

私は自分のことを空蝉みたいな被爆者だと思っております。あの日のことを何も覚えていないからです。あまりの惨たらしさに記憶を消失してしまったようです。とは言え、いくつかはぼんやりと覚えております。十三歳で爆心地から一キロのところにいたんですから。

午後五時ごろ、生き残った十数名が学校を出て、大橋まで一緒に行きました。なぜそうなったのか知りませんが、そこでバラバラになり、丸田君と私は、浦上川の生き地獄を見ながら川沿いに浦上駅を通り、三菱製鋼所の前で、亡くなる寸前の人間とは思えないほど傷を負った長商（長崎商業）の先輩らしい人から乾パンをいただき、長崎駅前を通って弁天橋で、その乾パンを二人で分けて食べ、「また会おう」と言って丸田君と別れた、それくらいは覚えています。

でも如何に記憶が当てにならないかは、未だに別れた丸田君の消息がわからないし、長商のどの名簿にも同級生たちに聞いても、丸田君という名前が出てまいりません。それほど、あやふやです。

ですから八月九日が近づきますと、インタビューを受けるんではないかと思い恐れ、自室に入って窓を閉め、窓にへばりついて、原爆の追悼行事や平和運動の行列などを虚ろな目で眺めています。

原爆忌逢ふて別れし橋二つ

八月や首なき聖像よ君の名は

聖人像が立っている
首ふきとんで立っている
五十年間立っている
首なき像よ君の名は
鐘楼落ちて鐘残る
一日三たび鐘が鳴る
生きて祈って鐘を聞く
お告げオラショの鐘が鳴る

岳石

鳩除けの網見え隠れする原爆忌

被爆者の過去帳干せりわが名いつ

千羽鶴被爆煉瓦の夕焼ける

信徒会館を造るときの基礎工事のとき、旧聖堂の瓦礫が出てきました。信者の有志に頼んで使えるものを洗ってもらい、野ざらしになっていた折れた石柱などを、寄せ集め造ったのが浦上教会の上り坂の左側にある遺構です。今、大司教館の七階から毎日そこを見ていると、参観者の方が必ず立ち寄り、千羽鶴を供えたり、お祈りまでしている姿が見られます。

あれを造っていてよかったなあと、今つくづく思います。なぜ、皆さんの目を引くかと言いますと、あるべきところにあるものがあるからでしょう。変な言い方ですけれども。どんなよいものでも博物館や別のところに移動しては、意味がなくなるものがたくさんあります。原爆遺構などもあるべきところにないと、あるべきものがないと、あまり意味がありません。

長崎市松山町の原爆落下中心地跡から発見された高麗壺です。同町在住の在日韓国人宅のものだと思われます。真上から数千度の熱線を浴びた壺の縁は、瞬時に変形し、肩もくぼみ、溶けた表面も放射能の釉薬をかけられた状態になっています。この壺を保管していた人たちは、なぜか短命だったようです。三人の人生を経て、私の手元にたどり着きました。壺を傍らに置いてきた私の場合、ときどき口をゆがめて叫びはしたものの、かなり長く生きさせてもらいました。

ああ暑し被爆壺の口ゆがむ

踝の灸の熱さよ原爆忌

警官うようよ被爆忌の鐘が鳴る

八月九日になると、平和公園に住まいが近いので、周辺には警察が網の目のように配置されています。お偉い方がやってきて、お決まりの文言を読み上げるだけなのに。私は、警官を見るとつかみかかってどこか嚙みつきたくなります。聴罪司祭にこのことを言ったら、

「あなたは警察官との間に、トラウマになるようなことがあったんじゃないですか」

と言われました。

ありました。被爆したあの日、浦上をようやく抜け出してほっとしていたら、サーベルをガチャガチャいわせながら自転車で近寄ってきた警官に、

「こら貴様、この非常時になんちゅう格好をしておるか」

と怒鳴られました。ズボンだけ身に着け、血だらけで煤で汚れた子どもが、非国民に見えたのでしょう。どんな言い訳をしてその場を逃れ、下宿先に帰ったのか覚えておりません。

雀の子慈悲を拒みて息たへり

芋虫の朽ちたる橋を渡るかな

千羽鶴破りし小鴉口をふく
あわてたる石柱のセミ尿もらす

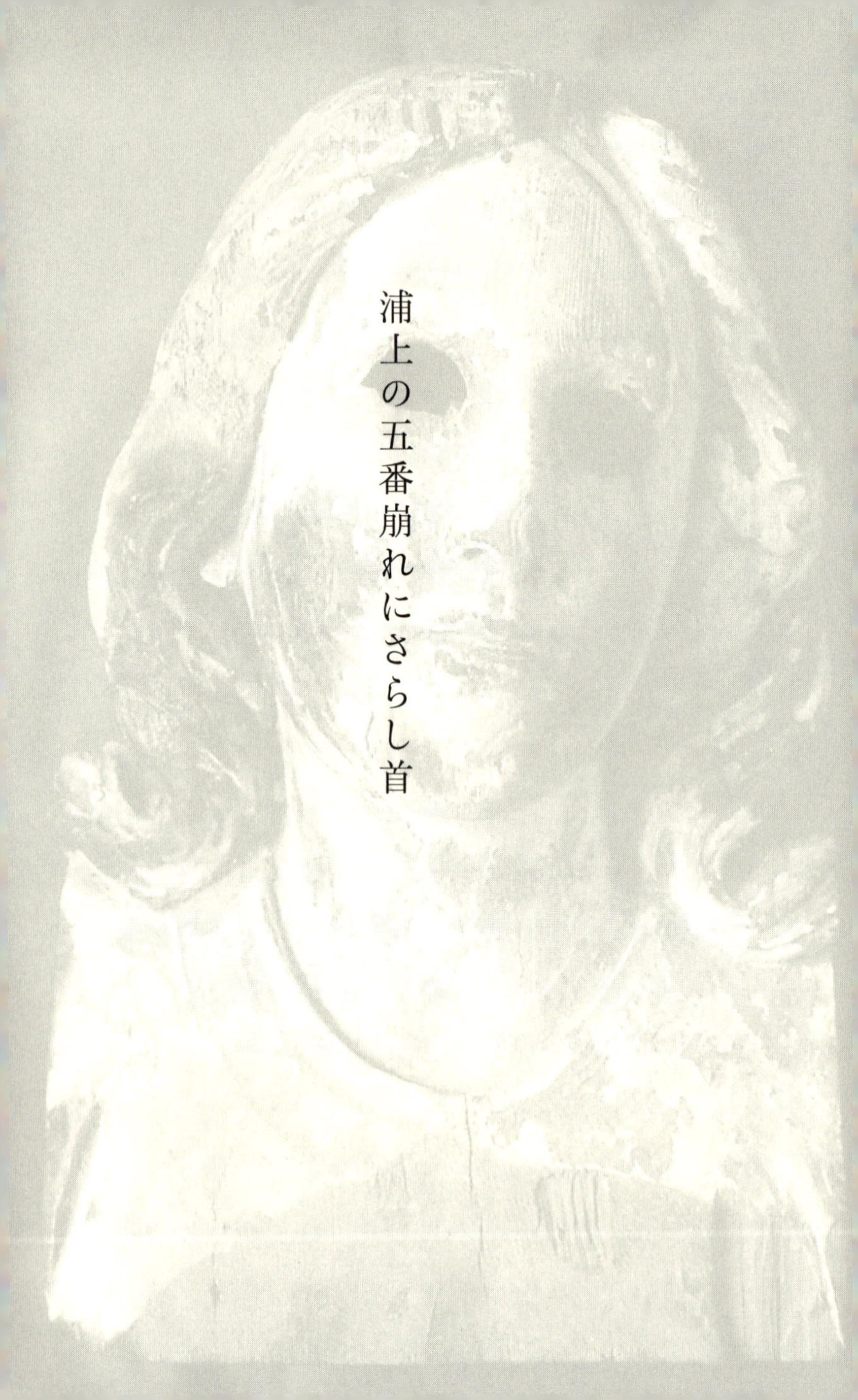

浦上の五番崩れにさらし首

「さらし首」とは、斬罪者の首を獄門にさらして、世人に見せることを言います。いま「被爆マリア」と呼ばれる首だけの聖母像は、もともと原爆前の浦上天主堂の中央祭壇上部にあった無原罪の聖母像です。原爆で、首だけが焼け残って見つかりました。「被爆マリア」は、いま世界中に引き廻されています。平和のため、核をなくすために浦上教会はサンタマリアの首を差し出したのです。

毎年、八月九日が来ると、原爆で切り落とされた首が、きらびやかな神輿に乗せられ引き廻されるのを見ます。その行列の名は何といえばいいのでしょうか。あのサンタマリアは、復員した浦上出身のトラピスト会士が、崩壊した天主堂の瓦礫の中に見つけ、北海道の修道院に持ち帰っていたものです。老いを感じ始めたころ、もともとあったところにと返してくれました。彼の願いは、復元であって、「さらし首」ではなかったのです。私に宛てた手紙にそう書いてあります。

# 橋口町一‐一

糸引けば蜘蛛のエリアは震度六

長崎の大司教館に引退して二年目の四月、熊本大地震が起こりました。連日、テレビは震源地から放射線状に広がる揺れの範囲を伝えていました。テレビを消しても、その網模様がしばらく残像となりました。長崎も激しく揺れました。熊本の愛する仲間たちが心配でした。

石亀の
産気は泪
早梅雨

半石

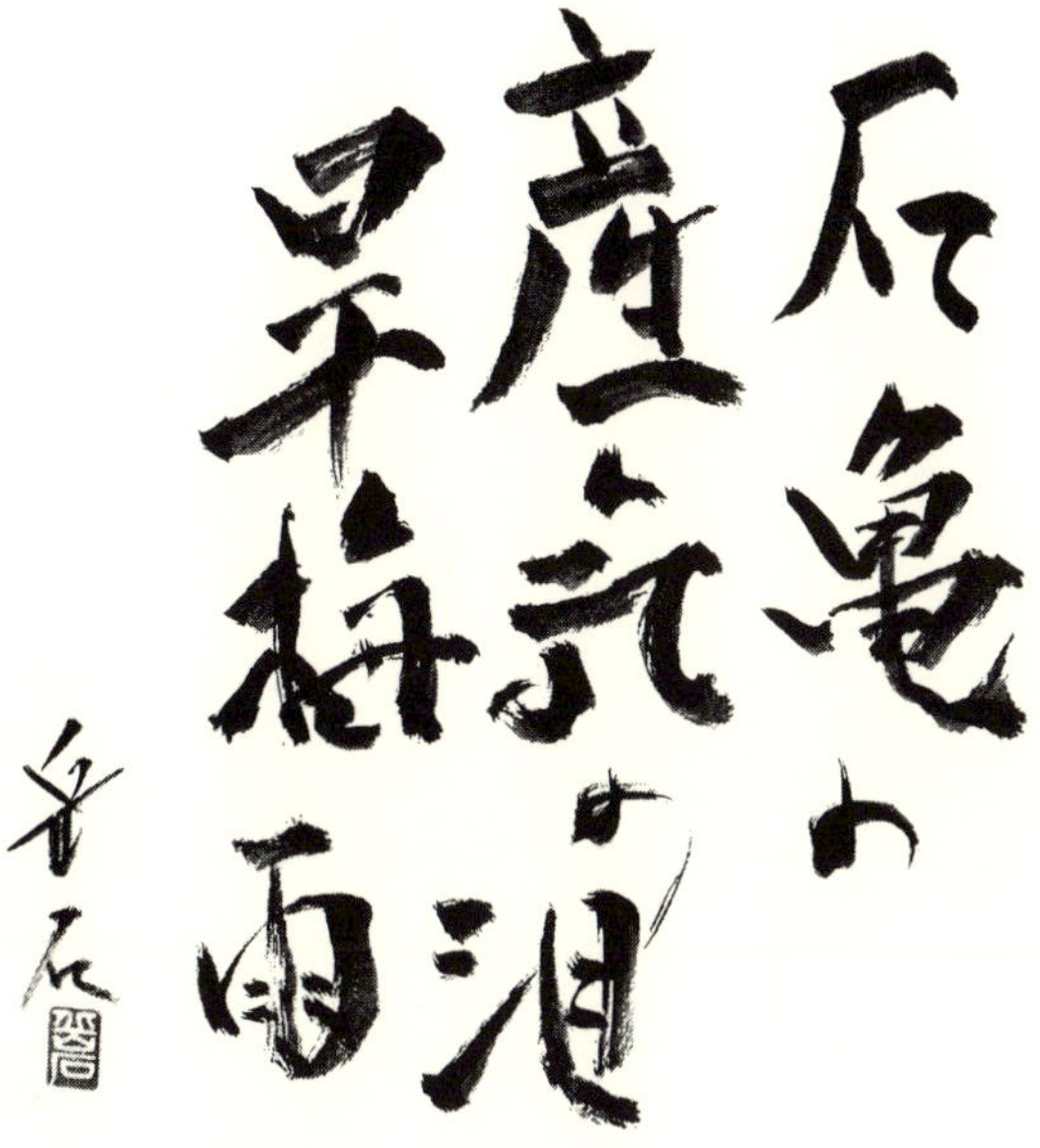

石亀に恋する神父去年今年

「亀子《きっこ》」と名前をつけた石亀を、こよなく愛している男が大司教館にいます。春夏秋冬、週に一度は彼女の住まいを掃除し、好物のミミズを探し回ります。三月までは、大司教館の敷地内に花畑がありミミズもいくらか獲れていましたが、引退した先輩司祭がそこを石ころ一つ、草一本ない農園にしてしまいました。その結果、ミミズがいなくなったそうです。彼は外出の行き帰りに「亀子ちゃ〜ん」と声をかけますが、彼女の反応を見た者はおりません。

亀子には定吉という夫がいました。交通事故に遭い昇天したのです。ひき逃げしたのはシスターだという有力な情報があるのですが、教区の法務代理であり大学教授の彼は、表沙汰にしませんでした。

ところで、「亀の泪《がめ》」という格言めいた言葉があり、昔はよく使われていました。めったに泣かない人が、大粒の涙を流すときに使われます。

今年の亀子は難産でした。

紅旗だらりと長梅雨の領事館

夏草や裁判官の公舎跡

落雷に冷しソーメンずれ落ちる

除夜の鐘教会の鐘救急車

一月の暦に二つまる印
爪引く子三度転びてまた走る

転ぶ子をまた引き起す凧の糸

風船の枝に掛りてけさの春

一坪の窓に浮き雲盆トンボ

父の日と言わずに渡す小銭入れ

古き歯に三日の海鼠やわらかし

昼過ぎの男春着の犬連れて

鉄棒の忘れ上着にわすれ雪

春の昼真上の鳶と目の合へり

おにぎりを買ふて道連れおぼろ月

凩に杖の吹かるる異人坂

書きこみに阿蘇の文字ある古暦

マッチを買ふて明日より聖母月

隣室の九十歳になる神父さんが、朝からパニックになり、「どぎゃんすればよかろうか」と浦上弁で聞きまわっていました。ロウソクを点けずミサをしてしまったというのです。

「そぎゃん気になるとならロウソクを二倍の四本にしてミサをし直せばよかたい」と思いました。実はミサの有効か無効かにロウソクは何の関係もありません。

このごろ、店頭ではあまり見かけない物を買いに行きました。

「マッチありますか」

「ございます。マッチを買われるお客さんなんて久しぶりです」

「皆さん、ロウソクには何で火を点けるんですか?」

「着火マンを使ってるみたいですよ」

「そうですか。あの短い詩を二つ言いますので、何も考えずに好きなほうを選んでみてくれませんか。

着火マン・ロウソク・お線香
マッチ・ロウソク・お線香

「あの、マッチのほうがリズムがいいです」
「そうでしょう。そのマッチをください」
変わった爺さんだと思ったでしょうね。首をかしげながらビニール袋に入れてくれました。
これは参考までに、
主役＝お祈り
脇役＝着火マン、マッチ、ロウソク、お線香

汗かひて洗ひて干して司教館

カマキリにいどみし仔猫の浅くしゃみ

空蝉を連れて胡瓜のつる延びる

# 煩悩

妹にわが訃報聞く木の芽どき

兄弟が多いとですね、疎遠になるものが一人や二人いてもそんなに不思議ではありません。十一人ですから。二つ違いの妹とは今まで一度も、じっくり話などした記憶はありません。その妹が、ある日大司教館を訪ねて来ました。ビックリしましたね。

「何か大ごとがあったとじゃなかとね」

「そう、兄の神父が死にかけとっとさね。今、兄弟や親戚がその葬式の準備で大変よ」

「俺が死にかけとっとか」

「そう」

「顔をよく見ろよ、俺の。元気ばい、ほら」

妹は虚ろな目で私を見、さようならも言わずに帰っていきました。

その数カ月後のこと、今度は浦上教会に電話があったそうです。

「私の兄の神父が危篤になっております」

夜中の二時ごろでした。電話を取った若い神父が大司教館まで心配して駆けつけてくれました。こうなってくると、なかなか大変なことになります。認知症という言葉を飽きるほど聞きますが、初めて実感したのはこのときでした。

タコ壺の穴よりタコの盗人見る

一九六〇年代から七〇年代にかけて、各小教区の青年会は活発な活動をしていました。九十九島を小教区にもつわが青年会も、ある夏、その島の一つでキャンプをしました。焚火を囲み、とってきたばかりのタコを焼いて肴にし、ビールを飲んだときのその記憶は鮮明に残っています。翌朝、帰りがけに、タコ漁をしている山口さんに出会いました。

「どうですか」

「今日は、さっぱりダメですばい」

「自然相手のことですから、ときには、そんなこともありますよね」

実は、思い当たる節が私にはありました。前の晩の、あの焼いて食べたタコのことです。

弁護士さんの話によりますと、状況証拠だけで案件を処理するのは、大変むずかしいのだそうです。特に、犯人が自白しないかぎり何の証拠もない事件はむずかしいと聞きました。

前の晩のタコについても知っているのは犯人と盗られたタコだけです。けれどもタコはすでに食べられてこの世にはいません。死者に口なしです。

# 精霊の旅は晴れたり降られたり

精霊とは亡くなった人の霊、特に先祖の霊のことです。精霊さまは年に一度、二泊三日の旅をするそうです。それがお盆です。今年の長崎のお盆の天気は、十三日はまあまあでしたが、十五日のお帰りの時刻は、ドシャ降りでした。

精霊さまもご存知のように、あの世は安定しているようですが、この世では明日のことさえ何が起きるかわかりません。そこで提案しますが、初めての方は別として、この世への里帰りは何年かに一度にしてはいかがでしょうか。

私たちキリスト教の方には、ご先祖さまの里帰りはありません。ただ十一月を「死者の月」として、あの世での平安を祈ります。

水辺とか小川に佇んでいる鷺は、絵になりますし、禅僧が座禅を組んでいるような沈黙の雰囲気をもっています。しかしあの姿はエサを待ち伏せしているものでして、エサを求めて小川などを移動するときには忍び足です。忍者かこそ泥のように。

誰がつけたか知りませんが、「鷺《さぎ》」とはよくつけたものですね。鳴き声は、どこからあんな音が出るのかと思われるほどの破れ声で、この言葉以外に表現の仕様がありません。歌が上手い人の首は長いのでしょうか、短いのでしょうか。一概には言えないと思いますけれども、オペラ歌手の首は私が知っているかぎり、短い方が多いようです。いかがでしょうか。

湖畔の秋飛び立つ鷺の破れ声

しずけさの主役は鮠か白鷺か

骨組に十字架あがり朧かな

月欠くといふ再成を知りながら

蛍火になくてはならぬ夜の闇

美肌の湯打たれし虻の骸浮く

この俺を落葉からころ追ひ抜くよ

凩や夕の祈りを吹き散らす

柊のとげを償ふ香りかな

# 睨み合ふ銃口雉子の目犬の鼻

銃口の句は私が若いころ、狩猟をしていたときの作品です。睨み合いに武器が入るとややこしくなります。ましてやロケットとかミサイルとか核兵器が睨み合いに入ってきたらもう話にはなりません。

鮎待ちの孤独深まる鷺の首

襲はれし子烏戒破りしか
夕鵙のおのれの声を追ふて発つ

刺の間にでも平凡にぼけの花

梅雨待たずふり向きもせず君逝けり

これは福岡の前教区長、松永久次郎司教さまの弔辞を頼まれた私のしめくくりの言葉でした。司教さまは二〇〇六年六月、いろいろな病気をもっておられたためか、自室で誰にも看取られず、静かに人生を終えられていました。許可が出たので長崎に帰るんだと言い、その日を楽しみにしていました。

最後に言葉を交わしたのは亡くなられる一カ月前、熊本での殉教祭の日でした。近寄ってきて

「川添神父さま、あなたは天国や地獄があると思いますか」

「司教さまがあると言えばあるでしょうし、ないと言えばなかでしょう」

「あんたらしい答えだね、ふふふ」

これが最後でした。

十一月になりました。死者の月です。今も使われている五島の隠れキリシタンの典礼書の中から、葬式のときのしめくくりのお祈りをご紹介いたします。

『ゼーズス様エ　御届ヲ申し上ヶ奉ル　御安女様方ノ御力ヲ以テ社場ノ御帳面ヲ取消しパライゾの御帳面ニ御加エ下サレマスル様ニ謹ンデ御頼ミ上ヶ奉る　アンメン　ゼズゝ　泰フ存じ上ヶ奉ル』

泥臭いですけれども、こんなのを生の声、生の祈りというのではないでしようか。

教会とお地蔵のありて四旬節

鮠のんで孤独にもどるサギの首

# 六体の辻のお地蔵衣替へ

お地蔵さんはなぜ赤い前掛けをしているのか、これが気にかかるようになったのは、七、八年前に熊本で国語の先生に尋ねられたからです。

後輩の神父がインターネットで調べてくれました。そのまま引用します。

「赤い前掛けは人間の煩悩を表している。昔の人は自らの煩悩を赤という刺激色の前掛けに喩え、雑念から解放されようとした。この前掛けの色が雨風で褐色していくと、それは煩悩もだんだん薄まっていく。薄まっていった結果なのだと、昔の人は考えたという」

私の教会の信者で、お地蔵さまに供えられた酒を盗み飲みするおばばがいました。罰当たりもいいところですね。

秋彼岸お地蔵さまの酒盗人

団子盗る鳥とおばは入れかわる

# 中国旗司教の帯に春嵐

司教はなぜ赤い帯をするのか、ことのついでに調べていただきました。お地蔵さんの前掛けほどには根拠がないそうです。

典礼学者によりますと、今のような服装になったのは十八世紀だそうで、「調べてまた知らせます」とのこと。

そこまでしていただかなくてもいいのです。お地蔵さまのように、司祭や信徒の煩悩を背負っている服装だと思いましょう。合掌。

# 母なる島

道消えて家朽ちて島やぶ椿

一昨年、故郷に一人だけ残っていた従兄弟がとうとう亡くなりました。いうことを利かなくなった躰を引きずって野辺の送りに列なりました。久方ぶりの故郷は、限界集落になっていました。子どものころに行き来した道は藪に覆われてなくなり、家は朽ちて傾いていました。ただ、家の裏にあったやぶ椿だけは、子どものころに見たときと同じように、赤い花をつけて、そっと佇んでいました。

我々は結局そこに来て、やがて去っていくだけの存在です。ただ、変わらずに存在するものがあることも事実です。

椿散る河童の去りし井戸のふち

椿の木があり、ところどころに深みのある小川があれば、そこには河太郎がいることになっていました。わが母なる五島ではカッパのことを河太郎《ガータロー》と呼びます。

河太郎は人の内臓を抜き取って食べると言われていましたが、本当は椿の花のミツを吸っていたのではないでしょうか。そして種は川原の石でつぶし、少ない頭髪に塗っていたのではないでしょうか。それを島民たちが、たまたま見て、椿の種から油をとるようになったのではないでしょうか。

椿の油は、各家庭で味噌より簡単に作っていました。種を集めて三日ばかり天日に干し、臼で搗き、それをセイロで蒸して麻袋に入れ、重い石を乗せれば、ぽたりぽたりと油が出てくるのです。搾りかすは女性の髪のシャンプー、油は「烏の濡れ羽色」と言われるほどのリキッド、残りは料理の揚げ物に使っていました。

椿の油で揚げたイワシのかまぼこは「お袋の味の代表格」です。私の集落では河太郎を祭って拝むことはしませんが、「ヘノカッパ」など差別語を投げつけることもありせんでした。

北海道、富良野のカッパは全国的に有名でキュウリを好むといいます。わが故郷では聞いたこともありません。進化の過程でその地に適応するようになったのかなぁ。でもキュウリは南方系の食物で、五島では夏の常食のひとつです。

七年ぶりに帰った炉端での話題は、昔のように河太郎ではなく、猪と鹿による被害のことで、殺伐としていました。

冬凪の浜に覚えある廃船

笹子鳴きおり故郷は藪となる

骨拾ふごと炉に炭をたす一夜

杖冷えて声のみを出す葬儀ミサ

浜北風にクルスの鳥煽らるる

しずけさや二月の江上天主堂

聖体のランプ点らず冬日差す

歴史は立ち止まりません。流れきて流れ去ります。痕跡を残します。

江上天主堂は、この地を通り過ぎた信徒たちの痕跡です。その子孫たちは今、どこを通過しているのでしょうか。通過地は奈留教会の信徒に大切にされ、百周年を迎えると聞きました。

初めて奈留教会を訪れたのは、二〇一一年の二月で黙想会のためでした。そのとき奈留教会の巡回教会である江上天主堂を案内してくださったのは葛島幸則さんだったと思います。三代使われ、信者がいなくなった天主堂のたたずまいは言葉になりません。

信者のいない、ご聖体がおかれていない教会のたたずまいは「しずけさや」以外に言葉が見つかりません。

# 信徒なき天主堂の四旬節

# 浜しぐれ三代使ひし空き聖堂

5月

江上天主堂は、世界文化遺産の候補に挙げられています。案内してくれた葛島さんがこんな話をしてくれました。

「この落書きは、県の役人から消すように言われましたが、その指導はきっぱり断りました。これは私たちにとっては落書きじゃなかとです。ここで生きて、祈った親たちの大切な記録なんです。読めない人には、ただの落書きですが、私たちにとってはかけがえのない宝です」

「まだ、こんな気骨と根性のある信徒がいたか」と嬉しくなって、とっさに句が生まれました。天主堂の壁に記された古文書は、江上教会の青春時代を想い起させました。道標の碑文ともいうべきものです。

古文書の
如き落がき
島の春

岳石

流れ行くやんまの骸とぶごとし

島の夏群るる鳥の中に舟

祝日に食べた石蕗の花咲けり

魚のあらを入れた石蕗の煮物は五島の復活祭では、ごちそうでした。
生きるための旅をつづけている江上の信徒の子孫たちよ、石蕗の花は今年も咲いたよ。

空蝉の若からず老ひもせず

兄の家の開かずの雨戸にヘビの殻

船虫の出来しばかりの橋渡る
てんぐのこよさりさるきのへこひとつ

もう死語になってしまった母なる五島弁で、俳句を作ってみました。父母も兄弟もいなくなった故郷へのノスタルジアでしょうか。

天狗の伝説など一切ないカトリックの集落なのに、母たちは悪魔のことを「てんぐ」と言っていました。夏、パンツ一枚でいると、「こらあ、てんぐの子、早う上着ば着んか」と言われたものです。

俳句の意味はごく簡単で『腰巻き一つの人が夜、出歩いているよ』、あるいは『腰巻き一つで、てんぐの子が夜ほっつき歩いているよ』ぐらいの意味です。

驚くことに島原半島、すなわち「島原の乱」の後、瀬戸内海から移住してきた人たちの間で、あるいはその子孫の中で、この母なる五島弁とまったく同じ言葉を使っている集落、あるいは地方があるそうです。

小豆島と五島がどのようにつながっているのか興味がありますね。

# 旅の空

イスラエル

イヤリング拳銃ギラギラ女子部隊
綿積んでダビデについてロバのゆく

ハエ遊ぶベドウィンの髭ロバの尻
ロバ引きて素足の男仕事待つ

イスラエル

聖地巡礼に行ったときの句です。神父なのに申し訳ありませんが、聖地よりもロバに興味をもちました。イエズスさまを乗せたロバなのに、日本に限らず結構ロバは愚か者の代名詞、怠け者の代名詞に使われているところがあります。でも本当は大変な間違いで、動物の中でロバほど聡明な、生きるとはどうすればいいのかということを知っている動物はいないのではないかと思いました。

ロバは繋がれていることはありません。ほとんどテントの傍とか飼い主の傍に静かに立っています。自由に逃げ出して砂漠にでも入るなら、それは死を意味することを知っているようです。しかも怠け者ではありません。自分の体の三倍ほどの荷をのせたりアラブの大男をのせたり、いつも黙々と働いています。

人は後姿を見ろと言いますが、私もロバの後姿が気になりました。ちょうどいい表現がないのでロバの後姿を「お尻」という表現にしましたので、皆さんは少しどうかと思っているに違いありません。ロバの後姿のいい表現がありましたら教えてください。早く教えていただかないと、私も八十五歳なのでそんなに待てない身分です。

カナダ

トナカイの肉食ふジャポン秋の暮れ

いわし雲白樺ばかり畑ばかり

黒人の掃くマロニエの落葉かな

白牛の首の鈴鳴り鮭上る

カナダ

カナダ

寝て落葉逝きて毛布のあたらしき
身に入みてここは天地のナイアガラ

これらの句は、トナカイの肉を食べたり、カナダ大陸の大きさにびっくりしたり、ナイアガラを地球にあるものとは思えないと思ったりして作ったものです。

沖縄

離着陸見ていし鎌に蚊のとまる

糸満の梅雨に乙女の遺書遺品

スネークの入れ墨を見て那覇暑し
嘉手納基地見てをりハブ恐れおり

沖縄

沖縄

# 戦火の如く首里城夕焼ける

嘉手納基地を見ていたら、身体が反応して何か叫びたくなった。何と言って叫べばいいのかわからない。でも、怒鳴り声を出したかった。言葉を添えなくともムンクの絵のような、被爆したあの壺のような叫びもあるはずだ。戦争を知らない人に、「前の戦争の一般国民は、本当のところどうだったんですか」

と聞かれた。

「今の北朝鮮とまったく同じだよ。国民服からいろいろな物の配給制度まで。でもね、今、違っていることが一つある。こちらのほうは金を出してアメリカさんのスカートに縋りつき、あちらは核兵器や弾道ミサイルをちらつかせていることだ」

東京

櫟の葉の穴より覗く秋の川

終点の手前の駅の秋桜

竹椅子の竹の青さに竹落葉

奥多摩に朴の葉を敷き樵落ち葉

東京

東京

三位祭鞍馬の石を値踏みせり

「祈りの家」の庭石を、竹の椅子に座りぼんやり眺めていました。

その日は三位一体の祝日でしたが、その秘儀を黙想していたわけではありません。庭にある鞍馬石の灯篭と庭石はとても有名だと、シスターに聞かされていましたので、どれくらいするのかなあと値踏みをしていたのです。この類のものは骨董品と同じで、値があってないようなものです。今では鞍馬石の採石は禁止されているそうです。

姪が借りてきた永井隆の短歌集を病院のベッドの上で読んでいました。

アウグスチンにも　わからんたい
わからんばってん　知っとるたい
三つのペルソナ　御一体

「お〜い、涼子。永井隆さんとアグネスチャンは知り合いじゃったらしかばい。人ってわからんもんじゃなあ」

「まさか、アグネスチャンはまだ生まれていませんよ」

「それでもこれを見てみろよ。詩に書いとるたい」

「神父さま、これはアウグスチンて書いてますすよ」

「あっそうか。アウグスチンならこの詩はわかるよな」

姪は鬼の首でも取ったかのように喜んでいました。

人間が作ったものは、経費と利益の分を足して値段を決め、他の人にもわかりやすいですが、自然には三位一体にかぎらず秘儀めいたものが多いですよね。

渓谷に落ちて流るる蝉しぐれ

両手つき流れを飲めば背涼し

熊本

熊本

病葉を流す子供の独り言

残涼や「犬連れ入谷禁止」の札

木葉降るその一枚を流しけり

熊本

唐津　佐賀

秋の潮肥前唐津の浜を掃く

秋ひとつ拾ふて湯舟の中にをり

岩に凭れて楓の葉を落とす

長崎　大分

よく延びて澄雄の句碑にふじの花

雑兵のごと春古城の人の列

鳥曇崖を鎖の這ひ上がる

僧院やみな素足にてミサあぐる

大分

# 異邦人

三十七年間、長崎の教会でつとめた後、天草と熊本に派遣されました。少しだけ宣教師の気持ちになりました。天草は百五十年前から外国人の宣教師が入れ代わり立ち代わり赴任してきたところです。ですから、長崎から来た私も、最初は日本人とは思われませんでした。「今度来た神父さんは、どこで習ろうたとじゃろ、日本語の達者かなぁ」と、感心されることしきりでした。

宣教師は「異邦人」なのでしょう。そして、私も同じカトリックでありながら、家庭祭壇に十字架とマリア像と一緒に団子や果物を供えている彼らが「異邦人」に見えたものです。

墓時雨かくれ耶蘇名は裏側に
やぶ椿登校拒否の子のごとし

天草

天草

椿散り女官の首を踏むごとし

「伴天連の宿」はさびれて石蕗の花

売れもせぬ砂河豚啼ひて命乞ひ

路地北風の大工くわへし釘冷す

天草

天草

少年のかすりし傷にアオサ当つ

天草

天草の女装の案山子みな茶髪

うぐいす鳴き島に子豚の数ふへる

みずの子
いのちの
ほかに
なにもなし

天草

紅引きて修道院に案山子立つ

ふときハエ明日売られゆく豚なでる

天草の大江集落には、人口よりも数倍の豚がいると言われていました。養豚が盛んなところだからです。二つの教会を受けもっていましたが、その行き帰りに、出荷されていくトラックに毎日のように出会いました。

売られていくのを察知した豚が、豚舎から脱走する事件も、昔は時々あったそうです。それがイノシシと交配し「イノブタ」となり町や村に出没して害を及ぼすようになったと言われています。天然のイノシシは人を警戒するので、今日のようではなかったようです。何代もの間、豚舎で育ったＤＮＡがそうさせているのかもしれません。

熊本

洗礼水春眠の子を覚ましけり

子ども咳して仮設の懺悔台

頌春

ほろ酔へば
冬満月よ
笑ひけり

元旦

平成十九年

熊本

クレソンの花咲く江津湖ボート漕ぎ

鴨眠り通潤橋を人通る

犬吠えて阿蘇のはずれに冬の月

酔ふて転べば寒月の咎めけり

熊本

熊本

ハエ払ふしっぽ残して牛眠る

住所氏名イタチは読めぬ罠の札

毛皮にするために罠をかける商売があります。もちろん鑑札がいるわけですが、罠をかけてテンやイタチやキツネ、たぬき、ウサギなどをとる場合は、一つ一つの罠に住所氏名を書かなければなりません。たぶんそこを通る人に注意を促すことと、もし人間がその罠でケガをした場合に責任を取るためだと思います。字の読めない動物にしてみれば何ともむなしい住所氏名録です。

イソップ物語にずるがしこいキツネが出てきますが、今日のキツネも文明社会にいるんですから、一匹くらい字を練習して読めるようになり、他の動物に「これは罠があるという印だよ」と教えれば少しは償いになるかもしれません。

熊本

モンペの婦人生業の落葉掃く

山藤や「林霧庵」とある厠

山藤の名所があるというので、俳句会の仲間たちと吟行に出かけました。高齢者や女性が多いグループでは、まずトイレのある場所を確認しておくことが大切です。

「このお寺さんには、トイレ無かごとあるなあ」

「そんなことはなかでしょう。入場料を取るんですから。切符売場の人に聞いてきましょうか」

そのとき、格式の高そうな古い建物を覗き込んでいたシスターが「皆さん、ここはトイレらしいですよ」と教えてくれました。

そこには道元禅師が書いたかのような荘厳な筆跡で『林霧庵』と書かれた看板が下げられていました。『林霧庵』ですよ。禅寺では、本殿であれ山門であれトイレであれ、格式は同じだという思想があるのかもしれません。しかも、勿体ぶったようなユーモアがあって、なかなかいいですね。

熊本

# 翡翠の狩場は家老の屋敷跡

熊本

黙想会終へし信徒に忘れ雪

ヨナ被り阿蘇カルデラの稲を刈る

浴衣の子に少し余まりし宿の下駄

秋牛に今年かぎりの背番号

熊本

熊本

ドローンのごとくすいすいとあめんぼう

まだ早し実花南瓜のワラ褥

# 鞄ひとつ

天高く同じ目線に医者かがむ

入院して三日目の午後四時、約束の時間に主治医は病室に入ってきました。現状とこれからを伝えるためです。聞き手は、ベッドに横たわった私と例の亀子ちゃんの世話する後輩の神父です。

後輩の神父は気を利かせて、「どうぞ」と主治医に椅子を差し出しました。すると、「いいえ、私はここでいいんです」と、ベッドの柵に両手を載せて、祈るように跪きました。同じ高さに顔がありました。

告げられたのは「クリスマスまで何とか頑張りましょう」でした。

思わず私も合掌しました。

宵闇にロザリオの祈り行き来する

一病の身にからまりて秋暮るる

病室の郁子うれきって月替わる

# 病窓にラインダンスの鰯雲

みすゞの詩集読み終へて暮れ早し

そうか敗けたか種なし柿を食ふ

故郷に諸なく病みて安納芋

大司教館に引退してきた司祭が、敷地内にある猫の額ほどの花畑を、石ころ一つ、草一本ない農園にしました。春、ホームセンターに選りすぐりの種芋を見つけて育て、苗を植えて秋を迎えました。今年はブランド品の芋を病院で食べていることだ。

朝月夜聖体運ぶ鈴が鳴る

小学生のころ、ご聖体を持って病人を訪問する司祭に会うと道を空け、膝まずいて見送ったものです。大名行列のように聞こえますが、提灯を持った人とミサの際の服装に近い姿でご聖体を持った人、二人だけの行列でした。教会で習ったことも親に教わったこともないのに、このようにしたのは信者ばかりの集落に生まれ育った者の習性でしょう。教会の勢いがあった時代の一風景です。

今でも病人訪問をしている司祭に出会うと、無意識のうちに十字を切ります。あるいは、教会の鐘を聞くと立ち止まって、「お告げの祈り」をします。ほとんど無意識のうちです。

このような教会の素晴らしい姿はもうなくなっていると思いました。長崎教区でも。

ところが今回『聖フランシスコ病院』に入院してみますと、毎朝シスターがランプを下げ鈴を鳴らしながら、ミサ服を着たままでご聖体を持った神父さまを案内し、病室を回って運んで来てくださいます。私も毎朝、そうして運ばれてきたご聖体をいただきます。まだこんな風景が残っていたんだな。空前の灯のようになったこの風景を記録として残したいと思い、この句集に一句入れました。

# あとがき

八十五年生き、五十七年司祭を努めさせていただきました。

長崎教区で三十七年、福岡教区で十七年、そして引退して三年。出会った信徒のみなさん、助けてくださったシスターのみなさん、大変お世話になりました。また黙想会などにお招きいただいた教会や修道院にも感謝しております。

長崎教区や福岡教区の司祭団にはこころよく接していただき、身にあまることでした。とりわけ、神父さま方の一声が、老司祭の力の源となりました。

『やぶ椿』は、私の最終盤の記録です。どうぞ、ご一読ください。振り返れば、こころ豊かな八十五年であったことを読み取っていただければ、さいわいです。

二〇一七年十一月十六日

川添岳石

咲き終へてぺんぺん草の吹かれをり

『やぶ椿』編集委員

古巣馨（長崎教区司祭）
伊東涼子（川添猛神父姪）
石本恵（長崎大司教館職員）
木村美由紀（純心聖母会）

❖著者略歴


**川添岳石（猛）**

かわぞえ・がくせき（たけし）


1932年4月24日　長崎県南松浦郡新上五島町桐に生まれる

1960年3月15日　桐教会にて司祭叙階

1960年4月から37年間、長崎教区（西木場・早岐・船越・鹿子前・滑石・浦上）の各教会で主任司祭

1997年4月から17年間、福岡教区の天草（大江・崎津・本渡）、熊本（帯山）の教会で主任司祭

2014年3月　長崎大司教館へ引退

2017年11月17日　帰天　享年85

著書に、『句集 みみずのこ』『露に潤うた男たち』『春夢去来』『ふろしき賛歌』『聖福音読本』『まく人 刈る人』『いのちからいのちへ』『峠のほそ道』（いずれも聖母の騎士社）がある。

文中写真＝伊東涼子　山本志恵子　関谷義樹


**やぶ椿《つばき》**

2018年1月20日　初版発行
2018年2月7日　2刷発行

著　者　川添岳石

発行者　関谷義樹

発行所　ドン・ボスコ社
〒160-0004　東京都新宿区四谷1-9-7
TEL03-3351-7041　FAX03-3351-5430

装　幀　幅 雅臣

印刷所　株式会社平文社

ISBN978-4-88626-626-2